星辰大海

刘向前 著

陕西新华出版
太白文艺出版社·西安

图书在版编目（CIP）数据

星辰大海 / 刘向前著. -- 西安 : 太白文艺出版社,
2024.1
ISBN 978-7-5513-2513-4

Ⅰ. ①星… Ⅱ. ①刘… Ⅲ. ①诗集 – 中国 – 当代
Ⅳ. ①I227

中国国家版本馆 CIP 数据核字(2023)第 223686 号

星辰大海
XINGCHEN DAHAI

作　　者　刘向前
责任编辑　蒋成龙
封面设计　姜非
版式设计　元诗歌文化
出版发行　太白文艺出版社
经　　销　新华书店
印　　刷　济南精致印务有限公司
开　　本　880mm × 1230mm　1/32
字　　数　106 千字
印　　张　7.375
版　　次　2024 年 1 月第 1 版
印　　次　2024 年 1 月第 1 次印刷
书　　号　ISBN 978-7-5513-2513-4
定　　价　52.00 元

联系电话：029-81206800
出版社地址：西安市曲江新区登高路 1388 号（邮编：710061）
营销中心电话：029-87277748　029-87217872

医药、法律、商业、工程，都是高贵的理想和维生的条件。但是，诗、美、浪漫、爱，才是我们生存的原因。

——《死亡诗社》

当身处群山之巅时

会发现

星辰与大海一样遥远

将此书献给我的家乡

及生活在这片土地上

那些善良的人

目　录

爱

失　眠

因为习惯了月光的豢养

面对太阳

才会显得有些生疏

书　桌

看着看着就忧郁了
想着想着就沉静了

爱与不得

愿这世间善良的人都能得到应有的爱

愿这真挚的爱都能够得到最好的回应

偏　见

正因为这个世界的偏见

才要

体现你的价值

勇 气

爱情常败于柴米油盐的琐碎

梦想常败于生活压力的无奈

但无论怎样

要勇敢地活下去

因为活下去

就能看到“新大陆”

忧郁之歌

尽管
我们被这个世界所欺骗
可还要
把未来掌握在自己手中
不能
白白葬送了这青春

英雄走了

等天明
我们
依然
抬头
向着
明亮
那方

有罪的人

这片土地是没有罪的
这片土地上的有些人可能有罪
罪与罚，善与报
向来都是匹配的

人性深处
法律不是原罪
制度才是

只有在喧嚣的寂静中静坐

只有在喧嚣的寂静中静坐
才能格外注意到过往的行人
在路途上
我们也只是其中的一员

思绪落回现实

是谁
刚予我以希望
又将之浇灭

是谁
把我从撕扯的旧梦中唤醒
又把我推向这无底的深渊

又是谁
让我摒弃世俗的沉沦
一次次把我推向真理的殿堂

破　灭

星星陨落在北冰洋里
到处都是冰凌的尸身
水平面上
没有涟漪，也没有波浪
只有被海水侵蚀的背影

沉甸甸的身体再也不会流动
随着灰尘和风拮据在空气里
熄灭了带有极光的夜
而喜马拉雅的山峰
隔断了从南往北的季风

有种东西不会老

有种东西不会老
你的青涩我的诗

有种东西不会老
你的容姿我的心

时间——
将饱含真情的玫瑰赠予你
无数个日夜
读着关于你的故事

你的故事读完了
也该入睡了

孤独如风

风总是孤独的
就算
它每次来时
都带着树叶
带着垃圾
还有
刚刚随手丢落的
包巧克力的锡纸

在某个角落
树叶、锡纸被遗落
风残忍地丢弃了它们
也孤独地走了

夜半钟声

钟声敲碎了破晓的夜
前方的石子小路
一直通向远方未知的森林
朦胧的意境夹杂着困顿的忧虑

水仙花像羞涩的姑娘
躲在某个角落
鼓楼、钟楼都藏在雾里
有一束光照亮了她们

啊！伟大的主
请倾尽所有　听我的声音
在荡气回肠的纷扰中

梦中雪

雪在下
雪是在下
可雪的冷
只是一种无情的美好

在所有的思绪里
苍白是唯一的回应
一朵雪花的责任
却承担起了你眼中的风景

这时是不应该有温暖的
可是在雪的滋味里
她的企图就是让人寻求温暖
就如每一片雪花
受到温与热
都要融化、升腾

去　找

去找一轮明月
拾起那颗藏有故乡记忆的石头

去找一位故人
把遗忘的年月追回

去找一位爱人
卸去困顿时的忧郁

去找一片田野
放下肩负的生活重担

去找一抹朝阳
托起这饱满的希望之光

去找一朵紫薇花

开在绚烂的生命之路

写给敬丹樱老师

我把夕阳摘下
并不急着要送给谁
这熠熠的光辉生得可爱

心里结果的樱桃
从来没有商店里那样的红和甜
青黄色的，还透着些许酸和涩

火车驶在回归的路上
路灯的光晕停靠在途经的站台
时间与命运把一个人束缚在了西安—榆林的路线上

一颗被攥紧的心
要是不放手，就永远也透不上气来

而一首诗的诞生

离不开一支苦涩的笔

因为你是暖色的

因为你是暖色的
就像夕阳靠近黄昏
因为你是暖色的
暮色初出
夕阳照在波光粼粼的湖面上
荡漾着芦苇
在你的脸上
泛着黄晕的光

因为你是暖色的
暮夏渐渐靠向秋天的肩膀
垂柳也卸掉了秀色的妆容
倾躺在大地上

因为你是暖色的

暮色携着夕阳归去

道一次“adore”[1]

道一次“adore”
是因为背负不了
更为深重的爱你

道一次“adore”
只是用一些唐突的词语语调
来掩盖那个内心不安的自我

道一次“adore”
突破时空的界限
挣脱人性的枷锁去寻找

道一次“adore”

① adore：英语，崇拜、爱慕之意。

只能用所有与你无关的措辞
去描述与你有关的每个细节

道一次“adore”
将生命的光辉
刻在余生的隽永上

雨露伴随着甘霖

打湿了心间小路
长满荆棘，遍地的蓬蒿
相逢在远方氤氲的雾气之中

霞光在你的心间飞扬
初夏的夜市显现得冠冕堂皇
麦田里有你飘扬的长发
他在山上观望——

阳光温暖了小溪
波光粼粼
除了枫叶与苍茫

繁枝遮挡住了上方的天空

地上投射的是树的身影
她刚刚来过
在清凉的树荫下滞留许久

河水从未干涸过
唯有你清澈的掠影

真爱无瑕

橘黄的星空
晨晖映着晚霞
朝阳俯视着夕阳
真爱无瑕

无形的偏执
那倾斜的身影
与他依靠的身姿
真爱无瑕

小舍的橱窗
用来淡妆浓抹的花
懂得一丝不苟
真爱无瑕

寻找沉吟的鬼魂在墓地里
这里到处都是残遗的骸骨
如若失去灵魂自当受命运牵制
真爱无瑕

她哭泣着走来

她哭泣着走来
寻找着那年坍塌的家
无助、羸弱、恐惧
她那双盈有泪花的眼睛里
映射了所有被欺凌的画面
命运的所有不公在这里上演

她哭泣着走来
再也没有找到坍塌的家
她在苦海的深渊里挣扎
她在哭喊，她在反抗
她深陷厄运的泥潭
在命运的魔掌里

她哭泣着走来

是为了寻求最后的安慰

在仅有的一颗纯真的心里

用一种火热的真情

好似凤凰那般

静待重生

冬　至

我——
听着每一次风走过的步伐声
确实——
每次晨起暮落
都是为了能够转身见到你
冬至到了
一声温馨的问候
多么希望能够再次与你相见
不想一个人失落在月光如洗的夜晚

每次冬雪降临
都曾与你有关
茶余饭后——
静谧的岁月里

相约在曾经

中世纪堂皇的古典遗迹中

静静地

相伴着直至春分来临

我聆听着喜鹊的啼叫

云与月与风都说

她来过

如果我不曾来过

如果我不曾来过
栀子的花也不会争相斗艳

如果我不曾来过
筑巢的新燕也不会去开嗓唱歌

如果我不曾来过
秋雨也不会与知了互相妒忌

如果我不曾来过
童话的故事汇也不会上演

如果我不曾来过
玫瑰的花瓣也不会放在恋人手中

如果我不曾来过
图书馆外的枫叶也不会如冬日般宁静

如果我不曾来过
也不会有人记起曾放在书中的银杏书签

如果我不曾来过
这种思绪就不会化作笔体写成每首诗

少时的忧伤

夕阳躲藏在山的一头
黄晕的光打在
落满灰尘的书桌上

街道一如既往地肃静
尘埃在黄昏里游荡
阴冷的空气
抬起了沉甸甸的山丘

在一片荒野上
蓬蒿只身弯下腰
侧耳聆听岁月哼唱的歌

橱窗的角落里

堆叠了许多少时的日记本
记满了时间的烙印
还有打碎光的遗迹

少年——
冲破旧时代的束缚
会将这城市耀眼霓虹的灯光
取下
安放在乡村幽暗的烛光上

诗　篇

我的情愫，你的哀伤
我的诗篇，你的旧事

我只能借助一种风
吹去——
你的颜色、你的芬芳
你的残缺、你的悲伤

我只能借助一种风
吹去——
你的童年、你的荣光
你的欢乐、你的旧梦

就让灰色的岁月静候在寒冬里

沾满血色的暗青在野草的尸体下发芽
稚嫩的小手在母亲的怀里托起希望的光
就让熊熊燃烧的地狱之火重铸通往神殿的钢索

让一片沃野孕育着古老的种子
让风化的遗骸都作为远方铺路的沙石
在无人问津的戈壁滩上看夕阳归去
拾起一颗沾满余晖的果实
它早在亘古时就释放光芒

意外忧伤

谁知
布达拉宫的忧伤
占满了我的心窗
我听到仓央在诉说

谁知
未央宫的忧伤
落满了我的心间
我听到贾生在诉说

谁知
华清宫的忧伤
铺满了我的心底
我听到乐天在诉说

谁知

紫禁城的忧伤

填满了我的心里

我听到纳兰在诉说

那日的隆冬

化作袅袅的清香萦绕在心间

那日的春风

化作一根秀发藏在已诵读的经书中

我们为谁而歌

我们为谁而歌
当初春的雨滴
滴落在
我依旧低着头骑着车前行的路上

当寂寞被随意抛洒在唱吧的角落里
子夜的荒诞充斥在不肯离去的心中
而故事总在一个不速之客到来后开始

深夜里我们作了最后的告别
坐在被价值和效率塑造的空间里
唐突的行为再一次抵消了包装的礼物

我再次把浪漫和放开的爱关进狭小的话筒里

当随手撕开小吃的包装袋随意丢落在尘埃
酒还在酒杯里无动于衷地听着晦涩的歌

歌声震动在你我的耳间
从屋顶而来的光爆裂开来
附着在所有事物的表面
包括我们的脸颊、头发和衣服

破晓从面前走来
深夜与黎明渐渐分开
在时间里纵歌，却从来不知
我们到底在为谁而歌

圈

画一个圈
不仅仅是包含圆心和半径的曲线
也是以目标为起点或以起点为终点的弧线
抑或是，迷失的羔羊
再次回到它起始地方的路线

以弧线构成的内部区域
是一个封闭的世界
某种意义上
它区别开内部与外部的不同

我们所知道的
$S=\pi r^2$[①]，仅仅就用它

① 数学中圆的面积公式。

构造的区域，数不胜数
如正在生长的一朵花，天空坠落的雨滴

星球以外的世界
孤独，踌躇，荒芜
与星球内部的世界
形成相对的空间，如果
星球存在于内部世界

岩石、液态水、大地、森林
会以引力为意义，如
它们也在逃离的寂寥
从始至终地努力依附

她是睡着了

她是睡着了——
星光下一朵斜欹的白莲
她入梦了——
香炉里袅袅升起一缕碧螺烟

我用昨夜的雨——
淋湿你今晚的梦
几朵黄花凋谢了——
梦里还隐约开着几朵白玫瑰

扶正她弯睡的身姿——
凝结的空气散了
亲吻她嘴角的香奈儿——
斜欹的白莲静候在那儿

艳阳与晚霞
都移到了她白皙的香肤上
像是一簇簇白昙
搁置在那镏金的花坛

醒来的
——睡眼蒙眬
没有了昨日失眠后的身心疲惫

抿起的
——娇嫩嘴唇
傲冷着在雨雾中闪耀的霞光

当我看见你的美

喜欢你
从不是因为你的样子
就像从你指尖流去的时光一样
在不经意之间
悄悄被你前行的步伐
抹去
因此
我要去寻找一种方式
透过你秀丽的妆容
在你内心深处
袒露我的真情
如果
鲜花容易枯萎
那我愿意永远捧着

能够让它
永葆青春的土壤
如果
你只注意到了
前方的道路
不妨停下来歇歇脚
留意下路两旁的风景
说不定
给你一片阴凉的是
一棵从未开过花的树
你将是唯一一个
住在故事里的人
用心去发现
你能留给我短暂的回忆

暴风雪之后

打开百叶窗
晨曦渐渐显露

大爱的耶稣啊
你受难
被钉在十字架上

菊花的香气
布满了坟墓的每个角落

街上捂得严实的人们
在彼此猜疑
眼神透露着茫然

夕阳在天边低垂
从云彩间透出的晚照
给人们的脸上打上金光

吱吱嘎嘎的有轨电车
最终
停在过往的每一站上
孩子们跳着、闹着

航道的塔灯
指引着驶向港口的航船
大海在
花草的芳香和石头的气味中
一片岑寂

Adeo[①]，马可·奥勒留

无法用伟大的赞歌去讴歌
只能用简单的文字
去描绘属于你、属于世界的善良
也只能用常人的心态
去体会你灵魂深处的桎梏

未知的深渊
是迷途的羔羊，还是睡醒的雄狮
人类除了对未知的恐惧
还有对自身权力的恐惧

生命总是用尊严来替换自己
卑微的花朵长在人造公园的花坛里

① Adeo：意大利语，意思是“再见”。

用一种虚荣去掩盖一种事实
每一朵盛开的花
包括根、茎、叶
也包括施肥的土壤
都是在追求理性的真
难道就该舍弃内心深处的渴求吗
沉思——
听到了你的心声
和那来自灵魂的拷问

傲娇的世人
能否舍弃慵懒
远离媚俗
找到那些
被遗忘的
享有赫赫威名的英雄

溪流的宣言

如果溪流畏惧
沿途的
泥沙、礁石、堤堰
她就永远也不会前行

是地心
给予她不惧——
以粉身碎骨的品质
来回应
大地对她的赞许

因为——
她活跃在嶙峋的河床上
跳动在禁锢的两岸之间

最终——

她也要克服随时被烈日蚕食的恐惧

她在用柔韧的体态和顽强的毅力

征服心魔

摆脱束缚的枷锁

让世界万物见证她的力挽狂澜

她在向万物宣誓：

我们将以不断前进的姿态

向泥沙、礁石、堤堰发起挑战

我们将要冲破海岸的制约

以奔腾、恢宏和顽强的体魄

最终在大海汇聚

大雁塔的光辉

你回眸的瞬间
灰椋鸟在枝头张望
我想——
一定是你的身影反衬了
照耀大雁塔的光辉

花儿落了
带来的是你
池里的潺潺溪水
倒影是你的光泽
使她更欢欣、更愉悦

这塔——
自有她高傲的身姿

慈恩寺——

也自有她怜悲、虔诚的心境

不乏把晨钟当作伴侣

这古老的遗迹

渐渐地还是让她的容颜

多了些含皱时的微笑

悄悄地，她来了

我不敢大声呼喊她的名字

生怕惊醒了

她身旁刚睡熟的玉兔

那曲江河畔的翠柳

随着河水一一沉沦

暂别这旷世的写照

你的灵魂到底还是挥洒给了大地

踪

雪伴随着风在寒冬里招摇
谁固执地追随着她的脚步
在长满荆棘的路上
好似找到她经过时留下的踪迹

这路上——
到处都是秋的残存

前方藏在阴霾里的雪山
仿佛有飞狐路过的痕迹
穿越溶洞
一缕霞光打了过来

雪山的深处

浓重的雾气充斥着视野
雪花飘落在沸腾的岩浆里
这是一片炙热的地狱之地

怜悯的孤坟下
无数冤魂困在这里
抬头望去
凄凉的大地以地平线为标准
晦涩里充斥着迷幻似的雾霭
那已被暴风雪摧残的踪迹
迷雾淹没了葱茏的身影

梦中惊醒
刚好
白桦林里有她的一点残存
枫叶霎时间变得黝黑
拾起来在手中化为尸身的余灰

怎么了

怎么了
这语气有些意味深长

怎么了
还是有些担忧放心不下

怎么了
是什么让你郁郁寡欢

是这雨声
总是稀里哗啦个不停
谁踱着步子在氤氲的田野里
谁的背影映在水洼里

举着伞
营造着某种轻松的情境
在充斥着雾霭的草地上
在雨后洒下淡淡的忧愁

怎么紫藤在枝头上
披着白衣
坐在掉皮的长椅上
沾满了岁月的尘埃

无法想象
时间与空间的距离
也无法想象
内心与身体之间的距离

该不该
再次注视你的眼睛
怎么了
将是一场海啸的迸发

薄情的人也有欢愉

夜里
透过窗户
看到远处的路灯
她好像唯唯诺诺地
往周围泼洒着
昏黄的光

屋里
静谧的绿萝
也在打着盹
水滴声
像是时间的亡音

想以往

那纯真的经过
缄默在来回
斑驳的斑马线上

偶然间
看你出现在
街头某个转角的瞬间
是你的目光
落在了我疲惫的肩上

于是，有一天
我挣脱时空的束缚
穿越过不同时代无数纷扰的人群
看你沉溺在庸俗的生活里

有一次，看你
依偎在权贵的怀抱里
哦，于是我明白
原来
薄情的人也有欢愉

被淹没和被拯救的人们

谁也无法想象，生命
在面对大自然时
显现得多么娇弱和无力
那互相杀戮的征服
野蛮的欺压与沉沦

像蜘蛛网那样
像蜂巢那样
也像迷宫一样
命运存在与否
都不值得一提
在那个——
荣耀与权力至高无上的年代

若干年之后
我们的欢乐和痛苦
都只不过是
一次闪耀的火花
面对偌大的星河
转瞬即逝

可对于我们来说
沉重的是——
在这个世界履行了生命的职责
已饱受物质蚕食而自惭形秽
而一切欲望的行径
都只不过是造物者的傀儡罢了

面对宇宙的永恒
面对时间的流逝
这一切都会被未知熟视无睹
最终会走向希望，还是毁灭
那被淹没和被拯救的人们

她只想到花与感动
——秘密花园

十一月的雨固然没有素冬的雪那么凄冷
刚零落的桂花也渐渐模糊了羞涩的妆容
榆树为整个冬天织了一张厚厚的珊瑚毯
生怕在隆冬到来时，冻红你釉白的脚尖

在过去与理想的乐园里有座生活的桥
桥上的人们不辞劳苦——
造就了一幅美好人间烟火的画卷
桥上爱慕之人手中的玫瑰散发着阵阵幽香
给夜里曾忧郁而又深情的男生多了些期许

而现在
你要感受这桥上温和的风——

时不时吹拂着令人心动的脸颊
还有随着额头舞动的头发
风中正是有着松柏那般的坚毅
才带着希望
迈着殷切的脚步走来

当时
只是为你走遍了四季
怀着一颗
偶尔能看到整片花海的侥幸心
就如我一直在等一场
没有缘由和结局的邂逅

正如
你刚从梦中醒来
睁开眼，看到了
云低垂着头
向日葵露出盈盈的笑脸
还有玫瑰花散发的芳香

这一切都在你眼前

罗马浴场

故事的结局推开了历史尘封的门
我看到
在英格兰征战的维斯帕先
他正拿起手中的戟
戳向敌人的胸膛
……

明灯依旧为路人照亮着前行的路
请不要这样消沉
请开始新的生活
推开一扇门
听到了清晨的钟声
朝阳就到这儿吧

古老的哥特式建筑
激荡起利剑的清脆声
躺在千年旷野中的新月楼
千年来吟唱着赞美的福音
走下台阶沉浸在她的回声里

聆听故事
欣慰的情节在心间流淌
霜降后满地盛开的秋菊
刚好映在艳阳初照的脸庞上

故事的结局
在山的那一边
或许幸福就像这秋菊
舍弃了欲望，得到了灵魂
空虚的倒影渐渐消散

应该追寻远方
远方虽无法预知
那就——
静静地等在黎明的路口

备忘录

昨夜的风
因残缺的烛少了些
不知不觉
夏的虫鸣如潮水般涌来

烈阳瘦弱而又修长的身姿
带着疲倦回到了西边的家
终于
在傍晚霓虹灯的看照下
树修正了挺拔的身姿
知了因夏的闷热
不敢放开歌喉

呵——

你还记得
那清凉吗
我不会忘记
那闷热
只怕雨雾稍稍来得晚些
惊醒了熟睡的菡萏宝宝
静候着
在翌日翩翩起舞

小雨曾漫步在数次经过的小路
在那个长满海棠的园子里
有只杜鹃时常在枝头窥视——
枫叶偶尔经过

已忘记昨日的艳阳
它在今日的梦里散去——
留下夜的孤寂
在生满香火的人间复苏

那曾充满欢笑的遥远故乡
有我对童年的追忆
梦里寻人——
有我对远方的向往
情长巾短——
送别在旁边长满柳树的长亭里
留有我对你胜于长河的思念

爱的多米诺骨牌

深夜里
信息的提示声
惊起了他
是一个陌生女孩的信息
信息的内容包含了
她从开始见到他
所有在场的合集

忍不住还是对你说……
喜欢你很久……
希望你能给我这个机会……
每个字符之间包含她
忐忑、激动的情绪
流露出她对他的真情实意

同样的时间
他是惊愕，又为难
因为就在昨天
他在想与另一个女孩的告别

他刻意用委婉的措辞引开
同样，被告白的女孩
刻意用无关的话题
引开关于那段文字所有的
期待、紧张和不安

直到凌晨
他们期许的心情渐渐平静了
此刻——
女孩不由自主地翻阅着
有关他朋友圈的细节
他也以同样的方式
揣测着期许女孩的一切
而他心仪的女孩
却显得若无其事

当促生爱情的激情
开始把第一张多米诺骨牌推倒
紧接着

所有人都如是倾倒

爱，被迫执行

事外记

一

呵，你袒露的乳房
哪像美神阿芙洛狄忒
他们根本无法顾及你的美
只是顾及着你那内心的任何顺从
只是尊重着你的美色
那诱人的玫瑰的肉色的丝袜
引得身后一片狼藉
你自以为的风光无限

红色的光晕套在你呻吟的嘴唇上
不敢确定你的存在到底是什么
是为了排遣寂寞

还是攀着物质的包装
抑或是一直以来仅靠欲望而活着

二

美好的邂逅与完美的生活
夜幕下昏黄的灯光
灯光下晦涩的风光
愈演愈让人紧张
灵魂消耗着身体的能量
到底是为了欲望还是欢愉
面对广袤的宇宙
生命本来就如蜉蝣一日
在自然面前
他们的肉身盼望拥有一切
可是却无法透析出灵魂本身的价值
苍白般实在眼前
那些未有任何意义的支出

三

空虚一次次被唤醒
迷失了方向
试着去寻找真理
花儿却在这时开放

忽然明白了
四时的各显其美
白玉兰的芬芳
最终归于平静
你还是将这肉体
用来祭奠人性的光辉
而这人性的光辉
也将再次降临人世间

浪　漫

你 笑

你笑

貌美如花

沦作星辰

沦作星辰

谁会在意远方的光芒

是谁你都不是很在意

是谁你都不是很在意

除了她使你紧促地呼吸

在未找到你之前

在未找到你之前

我只能

书写悲伤

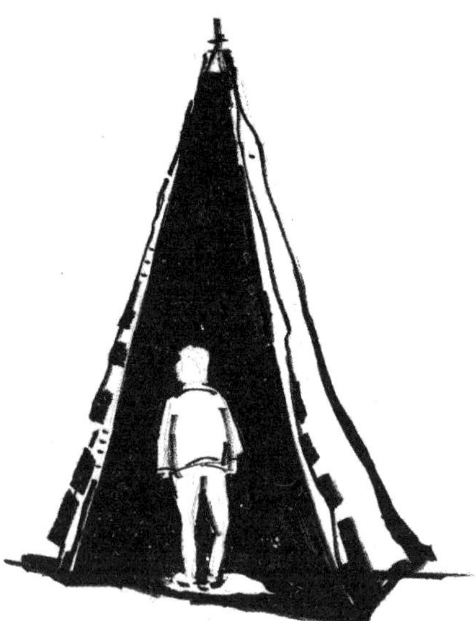

我靠近你

我靠近你

就像

你靠近悲伤

不必一个人孤苦伶仃

不必一个人孤苦伶仃
要不然再次见到他
你只会暗自欢喜

雪在追随你走过的每一个印记飘落

她在你每次犹豫的神情里来过

有一句话一直藏在彼此心里

不曾说

你刚回来

你刚回来

就打开灯

仓促把黑夜赶出窗外

误　解

你把书
放在书架上
只是为了归位

这个世界根本没有白天

这个世界根本没有白天
只是阳光
占据了
黑夜的心

平　静

当风把一切焦躁的叶子安抚后
天空也才刚刚把绷断的风筝线结好
含苞的花朵把万物都包裹得那么丰腴
而落叶只是秋天给初冬披上的毛衫

爱是什么

爱是什么
我不知道
但我明白
它更甚于我的灵魂

关　系

关系是泥潭

我们都是泥

制度是水

那么，是谁搅起了这一切

微　笑

你总是在我伤心的时候
散发出郁金香的花香
不再经过、不在身旁
只是——
欢乐时展露的微笑

花　开

尽管岁月的沧桑
抚平了跌宕的内心
可时光也教会我们
如何
让一颗干枯的种子开花

心

有种东西无人能企及
也无法相媲美
犹如夜晚流星划过
犹如丛林的含羞草
犹如秋日清晨的露珠

我的心里怎么能塞得下那么多人

我的心里永远有你的位置

她们只是我心里的过客

抱着一丝渺茫的希望

来到人间

匆匆一瞥

在这个周而复始的世界里

我们彼此生活着

直到有一天
你遇见了一个人
于是
她变成了永恒

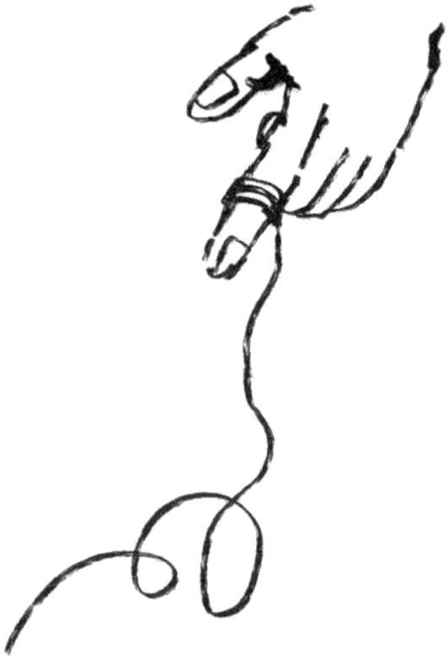

两个寂寞

她推开春日的橱窗
阳光耀得刺眼

两个寂寞
相爱护
相区分

空　白

光

星光暗淡了

灯

远远的街灯

人

街上的行人

都不见了

柠 檬

翻开曾记录的景点
那是一个在吉卜赛山丘的下午

如今在家中
那感觉就像
冲泡的一杯柠檬水
有些回忆总是酸涩得无法抹去

一见钟情

在课间无数次地擦肩而过
在彼此相互交汇的眼神中
爱变得不得了
在它面前
我们都病了
病得
好像要
重新定义这个世界

残缺的诗章

写下一段段残缺的诗章
风把绿萝摇曳个不停
角落里都是撒掉的树的死皮
杂物像尘埃一样散落在房间

当最好的那朵从你身边飘落
你还沉醉于昨日盛开的百合
每天轻触空气的皮肤

我从前找到你

我从前找到你
你并没有那样优雅
除了静静地在那儿等候

若余晖轻抚你的脸
你是否还会记起当初他面对你时灿烂的笑容
当初春的雨滴自你纤细的指尖滑落
这世间任何一角的春意盎然是否已让你了然于心

欲　望

是饥饿的灵魂在到处觅食

是游荡的病毒在寻找宿主

你奢求

涌动的血液像暗河一样

从心底流向陆地再流向海洋

诗人哪

你凝结着

千年以来的情愫

用现实的语言写下一字一句

雪

有人问：你见过夏天的雪吗

我回答：从未见过

有人问：雪是什么形态呢

我回答：固态的雨

她说：那是看得见的雪，还有看不见的雪

夏天的雪是什么样子呢

人们顶着烈日，快步走过，烦躁的心情

冬天的雪是什么样子呢

在寒冷的雪地里快步走过，不安的心情

侏罗纪冰洞

好像有一滴眼泪
从来不会被海洋融化
在初生的明日里
火红的太阳
让我看到了奢望的过去

一时的冲动
让我坠入无限的冰川中
又渴望得到火热
可到了冰川的落脚点
并没有选择回头

黎　明

我随刚破晓的太阳出生
好像从未依偎过你的情怀
黑夜里有了孤独

你住在我心里
就像——
万物离不开引力

摸索着——
在漫无边际的黑夜
期待着黎明

心如烟花般迸发
最终驶向黎明

启明星

灯
亮了
照向夜行的路
路
蜿蜒曲折
你看
东方的夜空
启明星
它在闪闪发光
一次次
冲破黑暗的阻碍
在光明的背后
是深渊
在深渊的尽头
无数灵魂点着希望的光

致凋零的花朵

我真挚地问候
在你来过的每一天

当三月的山樱飘落
四月的海棠低沉地歌鸣
五月的月季，坦率地
吐露出她的箴言

当六月的风吹走了一切
只留下同一色的叶子
和皮表斑驳凌乱的树干

为四季而过的
那些关于爱的语言

也正在极力寻找

夏天与雪的关联

你善良的模样

朦胧的月色下
朦胧的雾霭中
记录了
你的脚印
你的色彩
你的四季
以及关于你的一切

那发间夹杂着油污
多日不见于奚落的太阳
青涩得抑郁般的欢沉
犹如沉闷的旱天雷
在爱与被爱中撕裂

就是

你善良的模样

多么难能可贵

镜　子

她有一面镜子
从她的镜中看到了我
她不再是她
我不再是我

她与我不是奇遇
而是相逢
不知道哪世违背了与她的诺言
随后便离开了她

如今的相逢
我想也不再是相逢
而是为了彼此
不再牵念

如若我们还能够再相逢

那么将不会再有牵念

在眼神交汇的时刻

我便是你

希　望

希望破灭了
在黑暗中摩擦出火花来
未知的空间
藏下了无数未知的秘密

黑暗里闪耀着理性探索的星火
梦中刚刚路过装满礼物的圣诞车
雾色苍茫的森林里
雪填满了冬日的裂痕
北风呼呼，像一头狰狞的困兽
向着没有边际的囚笼做最后的挣扎

是一阵风
携带着女子奇特的芳香

消融在

虚无而又苍白的雾霭里

暗淡的月色，暗淡的灯

暗淡的星火，燃起一片灰色的天

长春草

有一种美丽，叫转角的遇见
有一种欣慰，叫抬头的相视
美丽并不是娇羞的外表
欣慰并不是崇拜的谦卑

并不是所有的玫瑰
都被握在恋人手里
它用长满刺的茎叶
吮吸了爱情的鲜血

时间在流逝
少儿的歌谣再次被唱起
童年在母亲的怀抱里睡足
青草悠悠

轻轻触碰你

处子般的皮肤

又像妹妹般的烂漫天真

每当回忆起过去

只能再捧起儿时的读物

一读再读

沫

我想你只是不想被人发现
常常躲在某个黑暗的角落
只能在阴云密布的天空下
感受你那一点点的温存

有时
也藏在尘埃的身体里
等在朝霞初出时
才能隐隐约约看到你的身影

有时
你漫步着
也会携带柳絮的茸毛
随着风轻轻飘扬

还有

你沉浸在雾里的样子很美

美到我只能屏着呼吸

害怕含糊会错过你的真容

当你触到我的那一刹那

我会惊喜，更会兴奋

陌生的面孔

熟悉的眼神
无法面面相觑的黑夜
灵魂都装上了夜光灯

人们渐渐忘记了夜
开始向黎明妥协
那晌午的钟磬声
代表着又一个半天已经逝去了
接近黄昏的灯光也更加明亮

谁会惦记着落下的金块
心安理得地把它揣在怀里
没想到
他的行为却被窥视了许久

被一个万世的冤魂跟踪
直到他没有了分寸

错 过

听说故事的结尾提前奏响
怀着对春的希望
谁还会把希望再寄予昨天

充满荆棘的田野里
处处都是霜的身影
偶尔有几处雨的轻伤
繁花却开满了温柔的清香

听说布达拉宫的悲伤
早在许多年前来过
光辉的岁月布满了殷切的橱窗

扬扬得意的小猫软绵绵地走去

又收起夏日的影子
避开嘈杂的人群，见不到任何光芒

夏日的风为冬日许下诺言
炎热好像从来没有停止过
是谁阻挡了这种温热的永恒
当然是从未被改变的夏去冬来

夕　阳

如果黎明被一抹朝霞惊醒
在天空刚破晓时去晨跑
那么日出时
看到的是你亲切的笑靥

如果宫殿一直在惨烈的征战中燃烧
我向着美索不达米亚出发
那么追逐的光芒便汇聚成了底格里斯河

如果这一天你错过了日出
内心肯定有些落寞
邂逅你的——
日暮余晖向你告白

如果天空把美丽的雪花装饰给你
内心定会因你停靠在青冈树旁而窃喜
银装般的大地上有辛勤培育的紫罗兰

如果有朝我一如既往地向着黄昏跑去
今天就在现实之间成了永恒
那么飞往东方的燕鸟会向时间、万物证明
——你我都已在飞花的暮光中度过了亿年

雾

好久没来了
我并没有忘记你
我刚回来就去看望你
你总觉得我不存在
其实我就在你身边

你是否听见了马路上车辆的鸣笛声
隆冬里
你是否感觉到了冰雪世界的奇妙美
只是我经过你身旁
你却表现得那般有恃无恐

从西伯利亚刮来了季风
不知道你有没有注意到

我是从你刘海之间掉落下的那片雪花
看到你眼角的冰凉

我在离你很远时
目送你踩着月光归去
我在离你很近时
紧紧追随你优雅的体态
刚好我是天边归来的雾霭
不时在人间飘荡

分　手

所有的时空
都被阻隔，以光为界限

大地用它的沉默不语
接受了来自酷夏的雪花

一场樱花的邂逅
直至凋落，原以为
一朵云的盛开
终会取代火的炙烤

当原点凝固在起跑线上
风招摇着那来自远方的欢呼

从来也不用过多的词语来点缀
如果石楠只是长在它的花上

山和溪构成了眼中一道亮丽的风景
溪水何以巉岩，山岩如何涓涓

新的太阳会以地平线为起点
在昼白的夜空划出一道亮丽的弧
包括飞机飞过时留下的云痕
一种思绪穿越过去与未来留下的念想

印　迹

并不是每一朵花
都留有她独特的芳香
并不是每一条路
都留有行人走过的脚印

田野里到处都有金菊的身影
大地倒是把四季看得过于沉重
可是秋天的记忆里放不下忙碌的农民
秋收万颗子，瑞雪兆丰年

听说
天空永远与大地面对面
夜晚在担心着黎明会不会苏醒

脱离了那个滚轮的年代

好似耕种成了复制品

你要永远记得

时间无法静止

或许

有种信念一直藏在你心里

无法随着流逝的光阴抹去

在平淡的岁月里

只留下风吹过泥土留下的印迹

海

一

我来到了海边
你来迎接落日
刚刚，陆地的
几片枫叶落下
牵系着浮动的小舟
孩童
慢慢地，将沙子
堆成城堡

二

一位中年人

看着书，潮起潮落的沙滩
书中书写的是谁的故事
沙滩上休憩的人们
都躲藏在了缄默的岁月里

三

有位老人，拄着
拐杖
站在夕阳归去的垛口上
守着旧时的少年梦

她说，风曽是坚硬的

她说
风曾是坚硬的
雕刻着峰顶的岩石

她说
阳光曾是尖锐的
戳破了冬天最后的薄冰

她说
列车是最慢的
思念可以到达的地方
为何要独自周折好几个站台

她说

路是明媚的
可双脚踏足的地方
总是朦胧的

远方
像往返的最后一班地铁
每经停一站
都是回归人
依靠的港湾

而检查员的职责
是抢修
梦断裂的地方

假如爱是静止的

某一刻
太阳悬挂在天空
在那一刻
它是静止的

而我
却想拥有你的心
那一刻你的心也会为我静止

而现在的热情
是我对你当初肯定的回应
因为你想走进我的心
正如我竭力靠近你的身体

就这样
我把随意丢弃的几团纸
当作是对爱的宣泄

可对你而言
爱是理智的回应
而对我而言
爱是用力撕开束缚的一种行为

因此
每当爱变得偏执起来
那是注定要与你
定格一段时间与空间的距离

三千年的光

柔和的余晖照在波光粼粼的湖面上
身着古老仪容映在湖岸的垛口
三千年的光啊
你是以怎样的心境来到这人间
化为清澈的光泽
将光的孢子
一一挥洒给大地

三千年的光啊
你是以少女般洁净的肌肤
将山川、森林、沃野……
创造出秀丽的容姿

三千年的光啊

你是以慈祥母亲的初乳
滋润着新生的嫩芽
再一次渲染生命的画卷

这一抹，将平野大地
抚慰成春耕的沃野
那一抹，将深邃的海洋
抚慰成甘露滋润的森林

我是印证你，成为璀璨的星河

暮色苍茫
正如你
身着旧色的衣裳离开

我总想点亮一盏灯

我总想点亮一盏灯
给那处黑暗的角落
点起一片光明

孩子路过了
惊讶地叫
用细嫩的双手
轻轻拿起来抚慰它
之后
再把它归到原处

大人经过了不以为奇
只是稍作留意
就不以为然地走了

有对情侣路过
看见亮着的灯
男子踹了一脚，说
碍事的灯
女孩说不要这样
你看它多浪漫呀

深夜里
灯在寒冷的夜色下
发出微弱的光
孤独地与黑暗作着斗争

一个翻墙而出的陌生人
从这里跳了出来
踩中了疲惫而又怯弱的灯
瞬间，灯
支离破碎

百　合

夜里
一场静悄悄的雨
滋润了教学楼前的百合

翌日
软绵绵的太阳
让清晨的台阶显得有些锋锐
空无一人的广场中央
有些许缥缈的柳絮飘扬

粲然
那朵微微绽放的百合
映入她蒙眬的眼帘
通过瞳孔进入了心底

洁白的花瓣包裹着微黄的蕊
鼓起的花苞好似少女的脸颊
之间的纤维像处子的皮肤白皙亮丽
之后
她幻化为浑身洁白的仙子
散发出沁人心脾的花香

那时
恍惚误入了仙境
消散了他朦胧许久的疲惫
直走在走廊的拐角
窗外也分外空明
静听时光等候那青涩身影

脚步轻轻走过
草丛里凸显你婀娜的身姿
看你笑靥如花
让百合开遍整个有你的夏季

晨　曦

你是否爱过——
像繁星掉落在太平洋里
掩饰不了它——
海浪依然要将光明托起

骊山萦绕的迷雾渐渐散去
华清池也平复了些欢声笑语
老母手中的彩石幻化为曙光
给漫漫黑夜披上一层晨曦

深邃的天空中
缭绕着《霓裳羽衣曲》的余音
晚照渐入蓬莱
碎于西边的云海

自古以来一直沉静的终南山
终究还是停靠在了修行者的心里
上善池的泉水疗愈了失志者的创伤
太上让一颗世俗的心化为执着

我寄寓一棵千年银杏
拾起一颗沾满淤泥的菩提子
在落满金色的大地上
用一颗慈悲的心虔诚问佛
佛说
“沉默只因爱恨一朵朵
荡起的涟漪旋转爱情的执着
即使修百世方可同船渡
转读三寸经纶，终究曲终人散，往事落魄”

是谁在感叹这群山秀丽的风景
那远方断续的笛音直至黎明
清晨除了面对阴云
物语我一直盼望的晨曦
将在千年大地上照耀着光辉

狄克丁娜[1]

静靠在枝头的叶子
望着——
布满霓虹灯的街道
紧贴着——
冬至冰凉的空气

她走在黑夜里
迈着凛冽的步伐
残留的记忆像风一样
吹拂着遮住容颜的面纱

透过这朦胧的轻纱
好似忘了这冗杂的人群中

① 狄克丁娜，月亮的别名。

有过去她优雅的容姿
有她独自忧虑时的身影

在路的尽头
她——俯首
独自沉思
静默——

她身披冬色的轻纱
在熙攘的人群里婀娜多姿
一如既往地背着黑夜

她，走着，走着——
向枫叶林的深处走去
走在岁月交织的发尾
我们相遇在出口的瞬间

就这样
我们彼此擦肩而过
我看到——
你眼中有犹豫的神情
我的内心荡漾着不安
你身如白玉般纯粹
我心如死灰般沉寂

距　离

正因为我们之间隔着一段距离
所以我们才会借此来相遇
正因为这个距离太短了
才会穿越大不列颠岛
跨越爱琴海
翻过珠穆朗玛峰
热带雨林有我流下的眼泪
特罗姆瑟是我那双残缺的眼眸

我想构建一条通往宇宙深处的隧道
除了缩短春与冬的距离
星辰与晨曦的距离
还有我和你的距离
也包括——

云与海、鱼与冰的距离

我知道在这之间的距离
隔了一层世俗的网
也常困于现实的无奈
倘若没有永恒的爱
那么这个世间必定不会存在
只有彼此相遇永恒的刹那

因此爱情的存在
不单是依靠两个人
还要依靠未来的契合
我们断然把美好的年华献给彼此

如果不把自己发挥到极致
又怎么会对得起将来
所以时间会让你成长
有一天
当她走到你面前
你可以去尝试各种方式
去表达你的爱意
是感动的鲜花与热泪

新世纪的太阳

翌日的花朵必将于今日绽放
黎明的起点归结于光明的远方
看吧——
东方的上空升起一轮新的太阳
那是上个世纪辛勤人们的眼睛

那双扶着耧车的老手长满了茧
一代又一代劳作者编织着畚箕
在一片片黄土地上开垦、延续
暗淡岁月里席卷着灰色的尘埃
声声炮响开辟了新纪元的征程

听，那夜空的风雨声——
暴风雨洗刷着百年沉淀的泥垢

北风呼啸，白雪皑皑
鲜血浸透在岁月的遗迹里
罗霄的角落生出一丛新红的嫩芽
给长久荒芜的土地带来了一线生机

听，那轰鸣的礼炮声——
世界降临了一位新生儿
漫漫路途，终有一归
她在充满荆棘的道路上行走
她沉浸在漫山遍野的花海中
她乘着嘹亮的歌声缓缓走来

听，那黎明的钟磬声——
雨粟后菡萏开，百花齐放后而根生
“泾以渭浊，湜湜其沚”
范铸青铜、西迁丝绸、唐彩瑰宝
三垣四象之天规、诗词曲赋之地律
这条有着数千年历史的长河
再一次印证了她的宏伟壮阔

历史为英雄书写事迹篇章
希冀的光辉照映在通往康庄的大道上
新一代青年人
见证着新世纪复兴的伟梦
那——
渲染着生命的朝阳
又一次在千年大地的上空冉冉升起

雨　落

清晨的雨下得有些唐突
清风席卷着落叶
听——
这是秋的叹息

大概也是为了躲避这寒意

夜晚像卸去妆的少女
变得有些不安分
雨轻打着芭蕉叶与平直的柏油路
通过声响——
能清晰地区分她们
灯下尽是柳的发丝

远方的天空异常幽静
能透过雾霭看到红晕的光
脚下有许多汇聚的水洼
台阶如玉般明丽

雨落到了阳台里
它伴随着尘埃慢慢消逝
可能是刚刚入梦
伴随着清晨感受到的冰凉

唉，这深秋，这落雨——
好像在倾诉夏的烦热
空气中弥漫着桂花的芳香
在这骊山的北麓
堆积了太多红尘旧事
曾几度富丽堂皇
都随着风和雨——
飘散在世间的尽头

走吧——
带一片西边的云海缅怀
走吧——
拾起一粒遗落的银杏果珍藏

静谧的庄园里

结满了丹若的果实
通往山上的小道
有你，也有她的脚印

她是醒来了

她是醒来了——
听到了雨声
她点亮了清晨的小路
是的——
夏雨刚刚来过
没有了热的抱怨和牢骚

我想在雨中——
烧一壶繁花下酒
来体会它的润泽与光艳
回忆起——
冬雪不怕夏雨的冰凉
因为在自己的季节里
它们自有孤注一掷的风景

是睡着了——
大地眯着眼睛还能观看
春燕来过留下的足迹
有时，它来得太突然
显得有些害怕热烈
有时，它又走得太唐突
害怕失去时的空虚

是醒来了——
今早的麻雀打翻了昨日的残羹
垂柳会帮忙驱赶这一天的烦恼
走过这片土地到达一座雪峰
结果换来的是——白莲花的凋零

不要等待结识凋零的春花
反而害怕见到刚盛开的栀子花
如若能够真的醒来
定有那朵盛开的白玉兰
在眼前——

醒来，去看
那傲娇的丹若花开满了骊山
灞桥旁生长的杨柳早已盘根错节
是睡着了，又是醒来了——

夏花开遍，自然会有秋的清凉

更是习惯了
诗歌的赋比兴手法
心偶尔也会处于流离失所的梦境
害怕无情的悲欢点滴到天明

请饶恕这爱

我爱你

像凛冽的寒风

刺进我的胸膛

吮吸着涌动的血液

之后——

之后又化作一点温存的气息

这气息不断升温

又化作熊熊的烈火

烧透了我的心底

听说——

大雁南飞了

飞的时候还留下一行云痕

那些残存的花呢

我想它们——

都裹挟着浪花冲破了黎明

嗯——

维纳斯就在这儿诞生

你看——

这白芷花就如你一样秀气

星空里有影子空灵

雪白的玉莲

在寒冬里与雪花共舞

这布谷鸟惊鸣的枝头

却没有一丁点儿雪的行踪

林莽中央

有凤凰栖息的巢穴

你可别忘了

昨夜——

是有流星横跨北半球

极光反射瑶光之星

有——

彗星陨落

落在了尤卡坦岛上

从此

每一次邂逅

你都随着星云走来

如今已过了千万年

我化为尘埃追去

追去——

寻你万年的身影

而我

还会风情万种

自　由

你来时，星河璀璨

你来时，星河璀璨

你走时，繁华落寞

西安植物园

这里有三种世界
一种是孩童的世界
一种是老人的世界
还有一种是
真理的世界

诗

诗是圣女的睡姿
她朦胧、静默
她梦里无言

她看透一切
但她又普度众生
她被恶人所拥护
却被人所期待

一转眼二十五年过去了

岁月把往事积淀成书
翻阅她时
好像每一件往事都还那么清晰
它们就恍如昨日发生的一样
那么亲近
可当我再次去寻找它们时
这些往事
早已湮没在旧色的时光里

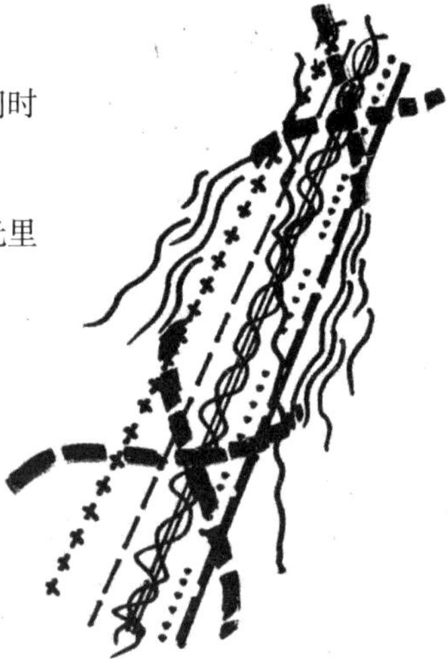

灯　塔

远处的灯塔
依稀地
点亮着从南方飘来的那片夜空
凛冽的寒风，撕裂着，唱着歌
直到
凌晨的末尾
树，也渐渐挪去了影子

而在那片夜的上空
有颗星闪耀着光

旅　行

写下一段三行诗
白皙的墙上到处都是蚊虫的残骸
灯懒散地舒着腰
给黑夜蒙上了一层阴暗的纱
柳树也打着盹
困得都无法留意路过的行人

穿梭在黑暗里找不到任何参照物
微弱的一点被打碎的星光
指明了方向

顾城同题诗

她说
你不要成为一位诗人
——“发疯的诗人”
——“多情的诗人”

可是面对——
花的妖艳、海的广袤
谁还会在意
蒲公英的种子从哪里来
海里的鱼为什么离开水

一　切

一切都以悲剧结尾
一切都是爱恨源泉
一切都会拨开云雾
一切都将冰释前嫌
一切都要患得患失

一切情节都悲于殿堂
一切纠缠都洁身不染
一切线索都从始至终
一切结局都归于破灭
一切故事都积聚于人物

黑色之金

你从深山里来
却遍布全世界

白色的烙印
驶入人间烟火的隽永
提供向整个社会输送神经电信号的能量

山野抛弃了价值的尺度
雪抛弃了黑色
仅仅剩下贫瘠的黄土
直指上方的星辰

命　运

花谢了
再也看不到她昨日的风光
花谢了
信念滋生了

如果说
你的一切
都掌握在命运手中
那我希望
你是关于我命运的一切
能承受所有的不安与痛苦

人

人的局限
无外乎找到支点
支撑在地上生长
支撑灵活的肉体还活着

穿越过往
是物质携带着灵魂

星河失重
我们重归于虚无
透射万物

星辰大海

抬头看到的天空
夜晚有了星辰
在视界的末端
也未必能见到大海

能够见到的那片大海
同样也可以看到星辰
那是，你同时
见到的大海和星辰

当你身处群山之巅时
你会发现
大海与星辰一样遥远

时间延长线

记忆被永远埋葬在岁月里
关于那段过去
当所有的线条被囚禁在图纸的边缘
它所拥有的
尺寸、表面粗糙度、倒角……

都是以时间为横向轴
渐渐呈现的

如果，有一滴泪落下
刚好落在虚构的中线上
当它还不足以贯通整个零件图
那么，眼泪的落点
刚好是与延长线的交点

梦

梦
回归了梦乡
梦乡生长在田野里
岁月
则轻轻剥开
遮住月光的朦胧雾霭
海水
拍打着岩石
浪花活泼地跳跃着
河岸像母亲
永远护着水的孩子
清晨
颤颤巍巍地向前方走去
不一会儿
就消失在了雾中

一代人，一座城，一首歌

一个人
住在一间房
一半是生活
一半是理想

一个人
在一座城
走在
一群人里
坐在
一节车厢里

处在同一时期的人
构成了一代人

而这一代人

共同唱着一首歌

在一个下雨天

在一个下雨天
有的人打着伞
没伞的人
匆忙地赶去目的地

路旁的一家餐厅里
有位年轻人
正拭着被雨水淋湿的头发
餐馆外的街道上也有几个本地村民
迈着急切的步伐，畏缩着往回走
雨中——
有指挥吊车的工人
有上班的白领，也有几对情侣

最起码

所有的人在雨中

面对焦急、冰凉和孤独时

都是公平的

孤独之歌

雨打湿了长安街的每个角落
雾气淹没了前方广阔的视野
行人喘着气急促地往回赶
有伴侣的小寨没有那般孤独
城墙坚定地为游人打着伞

比起黄昏，她湿透了
寂寞许久的心帘
花儿因嗅到了檀香的香味
神态安详地睡去
是谁倚暖了冰凉的橱窗
他日里只能伴随着孤单的灯

乌云到了湖水的中央

瞬间被分解得支离破碎

栏杆浸透在冰冷的雨水中

她一走

就再也没有回头

梦想，梦想

是记忆
还是忘记

现实，现实
是前行
还是停下

沉重，沉重
是双手的镣铐

荒谬，荒谬
是西西弗斯的救赎

不再像牲口一样活

蝼蚁一样死

是这代人的希望

是明灯

是不灭的明灯

生活是一个圈

生活是一个圈
我们都是圈中的人
也许
一生只能贴近圈的边

因为我们生活在圈中
所以圈外的世界很难触及

偶尔我们驻足、思考
只是站在一个点上
我们反抗、忧郁、对立
只是在弧线上来回徘徊

选择安逸并不是相离

而是与此相交

有一天

当莫比乌斯环断裂

西西弗斯不再徒劳地推石头

生命也必然赋予色彩的意义

一个人

我独自站在这并不广袤的广场中央
在这夜深的时候
我想一个人拥有这片美好的宁静
灯还在依靠远方发电站输送的能量发着光

而我不一样
了解我的人会劝我晚上不要吃太多
因而一个人享受了这世间的安详
春天的风也渐渐柔和起来
太阳也悄无声息地靠向赤道
当人们还蜷缩在冬天的肃冷中
草儿早已揭开泥土的被子站在清醒的公园

无人售货机运行的声音

风吹过树叶发出的哗哗声

鸭子在水面游走时的嘎嘎声

飞机飞过天空的轰鸣声

远方汽车驶过街道时的呼呼声

这都是一个人才能聆听到的

来自世间与自然的歌声

现代人的爱情

当爱情之火燃烧时
迅速
又被这世俗之水
扑灭

他们
总是想尽一切办法
来遮盖他们的丑陋

于是那些
被囚禁的心灵
只能在恐惧中存活

诡秘的行踪

正通往幽静的森林
在那里
人们点亮了爱欲之城

上帝的伊甸园
开出了美丽的花
也结出了恶的果

困于情

对不起
那不是爱，可能
其实，我渴望
你们
也包括我
能够打开自己的内心
找到那个
曾因无知而恍惚做下的决定
可最终无论怎么样
自己才是生命的一切

关于爱的行径
我们不再走往返的路
幸运或不幸

都为结果画上了完美的句号

无论是用力拥抱的爱
还是曾决定放手的勇气
这都是对于爱的最好阐释

情就是规律
谁的一生也无法逃离她

我　忘

我忘——

这天上的明月

它早已没有了轮廓

我忘——

这脚下的尘土

它早已化身为沼泽

我忘——

散去了她的芬芳

雪花飘落在大地上

我忘却秋的时节

我忘——

这秋的悲凉
葳蕤的影子

我忘——
栈道深处的仙观
池中枯萎的菡萏

在这片天空迂回的大雁
终究还是回到了人间

立　秋

蝉鸣把夏风
推在了窗外
迎来了
新的秋天

每块空间
都有各自的命运

关于夏天的一切
都结束了
关于一年
只是故事高潮的开始

风好像从来也不偏心

只给夏带来了热
夜市侵占了寂寞的街道
给黎明留下一片污渍

生活的开始
像是刚点上的一支香烟
等找到归属它的平静
早已燃烧殆尽

密涅瓦的猫头鹰

深夜，地球投入了引力的怀抱
大地为星星袒露了心声
雪把一切都装饰得那么美妙
而眼泪只不过是大声呼喊的印迹

水把一切都装了进去
自然为此献上了七彩的歌
书包龇牙咧嘴地躲在角落里
北风呼啸着驶过寂静的田野

爱与不爱都被时间洗刷掉了污垢
只有沉浸在空间角落里的小孩
才懂得这一切都只不过是生活开的玩笑
人们掩藏着，把未知当作是物质生活的解

渴望打开自己的人都无法挣脱现实桎梏的牢笼
而一个人写诗
可以当作是对理性世界的反抗
一直以来的阴霾
都驱逐不散
完全抹平了大地的褶皱

世界一直在往前飞
密涅瓦的猫头鹰也扇动着翅膀

为谁而写诗

当所有的绝望
烂在被骄阳炙烤的黄叶里
只用一点平静
去抚平你歇斯底里的情绪

用爱的夯具
狠狠地砸向
束缚普罗米修斯的铁链
漫无目的
那远方巍峨耸立的楼层

所以
当明灯栖息在夜的安抚中
那被人民，架设的高架桥

正好是
抵达目的地的捷径

而我
一直在为一个人而写
视频检测器闪烁的灯光
那随时就要爆发的
来自收费道闸的呐喊

像树一样活着

像树一样活着
不必在意别人的眼光

像树一样活着
不用讨论活着的意义

像树一样活着
只是吸收着自然的水分、无机盐和其他养料

像树一样活着
最重要的是活出自身的价值

像树一样活着
不是别人眼中的累赘

像树一样活着
不会因别人的夸奖而骄傲自大
也不因别人的诋毁而自暴自弃

像树一样活着
自然是活得体面，活得自在
没有紧张的工作，没有焦虑的神情
更没有一颗抑郁的心

像树一样活着
只是呼吸着并不新鲜的空气
单单释放出氧气
不用想他人是否需要

像树一样活着
在权力、名誉、地位以外
活出自己

无　常

当所有的边界再一次筑起
当所有的沟壑不再被填平
当命运之手
再一次扼住人类的喉咙

那就让冰川时代重新到来
士兵的子弹打向敌人的胸膛
蒸汽时代的新动力
热二定律的衍生

岁月抛弃人类的遗迹
把制度压在新石器的基底
人类发明的时钟
取代不了空间的坍缩

宇宙的无垠
都被人类局限在六感之内
二律背反
道路上
是钢铁的世界

推开窗户
穿越的是心底的奥妙
从生命无常到宇宙无垠
“无”像一张膜一样
透析着这一切

诗人的人格

在宇宙深处
它历经万年
在诗人的心中
它恪尽职守
因此，它存在于
每个人心中

只有勇于面对荒诞
敢于面对荒芜
它才会将这
永恒的光辉
倾注于诗人的人格

它是六根与未知的中介

在六根与未知当中
宇宙多维
它诞生了
诗人往前走一步
正确激发诗意
是无知与未知的边界

未知的谜题多解一个
诗人就会向前走一步
它只是借着诗人的笔触
来体现自我秩序的存在

因此
形而上的写作
将主观客观化
将抽象形象化

回归的路

用一篇荒诞的故事
写成一首诗

将一颗古老的种子
埋藏在诗人心底

所有的等待
都化作初春的甘霖
用来滋润干枯的秋

老猫的脚印
刻在傍晚回家的灯下
远方回归的路
既远又艰辛

在新世纪的起点上
回望过去走过的路
她随着悠久的历史长河
沉浸在时光的隽永中

沉浮的空气中
也有被遗忘的岁月
踏着历史的尘埃

新世纪在哪儿
好似——
过去没有了底
未来没有了底

海子同题诗

三十年的念想
人们常问
未来是什么
是——
“面朝大海，春暖花开”的念想

迎着海风去聆听
你诗颂时的回声
有——
鸟儿的歌鸣声、孩子们的欢呼声
还有蜜蜂沉浸在花海当中的嗡嗡声

而现在
只能用一种符号

来表达

你对大海的讴歌

痛苦或幸运

迷惘或坚定

都是曾经

你为读者留下的记忆

望着——

岁月走过的足迹

而疲惫的人们

拖着时代的耧车

朝着带有希望的晨曦出发

青春曾在这里停留

关于命运、生活与欲望

这又是一次关于
命运、生活与欲望的考量

所有的树木
都被固定在一个地方

像是按下了生命的暂停键
风和雨都停靠在路的边缘

从一座城市抵达另一座城市
总有人怀着一颗忐忑的心

马路的中央总在黎明时分才显得安静
便道的方砖上落满了无数行人的脚印

一辆辆带着外卖的电动车在行人身边来回乱窜
就连湿土里的鼠妇虫也在计算着与死亡的距离

一条条盲道像长蛇一样延伸到路的尽头
楼门前的石礅像海岸边的礁石一样显得突兀

时间总是推波助澜
她把人类的文明推向下个世纪

在像抛物线方程有无数解法的生活里
缝隙中夹杂着人走向未来的命运

致未来的人

未来的人
你现在身居何处
以后的日子
是否如过去那般安稳

未来的人
你是否如我一样
踏着曾经的彷徨与迷惘
走在
勇敢做出抉择的路上

未来的人
当你知道如梦的现实
被人性的欲望无情地撕裂

你会肯定这是过去的未来

现在的人
不要轻易为现实妄下结论
未来的人
也不轻易为虚无许下诺言

在现在与未来的时间尺度上
明天给了人们无数期许和失望
人们感叹将来的无望
那是因为无法聚集生命的意义

当透过黑暗和虫洞
万物之主也随之湮灭
意识被汇聚在云洞中
又与物质交汇成新的神

人 民

人民
以伟大的身躯
肩负起了一个时代

人民
以奋斗的精神
开创壮丽而又豪迈的事业

人民
遍布在祖国的各个地方
也遍布在世界的各个角落

人民
冲破黑暗的旧体制

你发热，你照亮前行的路

人民
不辞劳苦地前行
只为后代子孙能过上安稳幸福的日子

人民
有理想的人民
他们扼住命运的咽喉砥砺前行

人民
终究承受了太多的磨难
因而在太平的年代昂扬奋发

人民因此而过上幸福的生活
人民因此而铸就世代的伟业

有了人民
就拥有了战胜邪恶的力量

我忠于人民
更忠于这壮丽而又豪迈的事业